Alfred Birk

Ueber Dampf-Tramways in Elsass-Lothringen, Frankreich und Ober-Italien

Antigonos

Alfred Birk

Ueber Dampf-Tramways in Elsass-Lothringen, Frankreich und Ober-Italien

Unveränderter Nachdruck der Originalausgabe von 1882.

1. Auflage 2024 | ISBN: 978-3-38650-320-4

Antigonos Verlag ist ein Imprint der Outlook Verlagsgesellschaft mbH.

Verlag: Outlook Verlag GmbH, Zeilweg 44, 60439 Frankfurt, Deutschland info@outlook-verlag.de
Vertretungsberechtigt: E. Roepke, Zeilweg 44, 60439 Frankfurt, Deutschland
Druck: Libri Plureos GmbH, Friedensallee 273, 22763 Hamburg, Deutschland

Ueber

Dampf-Tramways

in

Elsass-Lothringen, Frankreich und Ober-Italien

VORTRAG

von

ALFRED BIRK

diplomirter Ingenieur und Assistent an der k. k. technischen
Hochschule in Wien.

Separat-Abdruck aus dem Centralblatt für Eisenbahnen und Dampfschiffahrt.

WIEN 1882.

VERLAG VON GEROLD & COMP.

Auf meiner Studienreise, welche ich in der zweiten Hälfte des verflossenen Jahres in Folge des mir verliehenen von Freiherrn Haber von Linsberg für diplomirte Ingenieure der hiesigen k. k. technischen Hochschule gestifteten Reisestipendiums unternahm, wendete ich u. A. auch den Strassenbahnen mit Locomotivbetrieb meine Aufmerksamkeit zu.

Nachdem ich acht Tage in der Strecke Innsbruck-Bludenz resp. auf dem Arlberge zugebracht hatte, reiste ich durch die Schweiz, wo ich die Bergbahnen eingehend besichtigte, über Strassburg nach Paris, welch' letztere Stadt zu jener Zeit durch ihre elektrische Ausstellung erhöhte Anziehungskraft ausübte.

Von den Städten, welche ich auf dieser Tour berührte, bot Strassburg durch seine Tramway insoferne grösseres Interesse, als diese von vorneherein mit Rücksicht auf Dampfbetrieb angelegt wurde. Sie führt von der Rheinbrücke bei Kehl durch die Stadt nach Höhenheim und in westlicher Richtung nach Königshofen. Die Bahn wurde erst nach Beendigung des deutsch-französischen Krieges hergestellt und hatte manchen Schwierigkeiten zu begegnen, die ihr namentlich von militärischer Seite bereitet wurden; so ist ihr z. B. jetzt noch der Betrieb mit Locomotiven innerhalb der Stadt verboten und dürfen nur dreimal des Tages: Früh. Mittags und Abends, Locomotiven mit Wagen von den Remisen am Steinthore zu der Haltestelle am Metzgerthore verkehren, jedoch keine Passagiere aufgenommen werden.

Ausserhalb der Stadt zieht sich das normalspurige Geleise immer dicht am Fusswege der breiten Landstrasse hin; die bei Ueberschreitung einer Brücke vorhandene

Maximalsteigung beträgt 1:30 und zwar auf einer Länge von 280 m. Die vorkommenden Curven sind mit Halbmessern von 50, 45, 35 bis zu 20 m herab angelegt. In Entfernungen von je 900 m befinden sich 60 bis 70 m lange Ausweichen.

Zur Herabminderung der Erhaltungskosten trug die Anwendung des eisernen Oberbaues — System Demerbe — wesentlich bei. Es hat sich in den vier Jahren seiner Anwendung sehr gut bewährt und der Director der Strassburger Tramway sprach sich in Bezug auf Stabilität des Gefüges sehr lobend aus. Hiebei wäre zu bemerken, dass im vergangenen Sommer angefangen wurde an Stelle defect gewordener eiserner Schienen solche von Stahl zu verwenden. Die vollständige Anlage der Bahn, inclusive Verstärkung hölzerner Brücken auf der Strasse nach Kehl, Verbindungsgeleise mit dem Centralbahnhofe behufs Ueberführung des Materiales, Zoll für Schienen und Befestigungsmittel, theilweise Durchbrechung des Festungswalles beim alten Steinthore etc., kostete pro km 25.380 Mark.

Für den Betrieb besitzt die Gesellschaft Locomotiven nach dem System Brown in Winterthur. Dieselben werden von Maschinen-Ingenieuren, wie Uhland u. A. wegen verschiedener Constructionsvorzüge, als z. B. Anwendung des Belpaire'schen Balanciers, lobend erwähnt.

Ich überzeugte mich in Strassburg, wo ich wiederholt Locomotivfahrten machte, von ihrem ruhigen Gange, von der leichten Handhabung des Mechanismus, der Wirksamkeit ihrer Bremsen. Nichtsdestoweniger verlässt man in Strassburg dieses System und beginnt, Locomotiven nach dem System Krauss einzuführen, weil die Brown'schen Locomotiven wegen zu kleiner Dimensionirung wichtiger Maschinentheile etc. sehr vieler Reparaturen bedürfen. Auch auf den oberitalienischen Strassenbahnen, wo sie in Anwendung sind, habe ich ähnliche Urtheile vernommen.

Die Locomotiven System Krauss passen sich in ihren Dimensionen der Frequenz, der Terrainbeschaffenheit, dem Betriebsmodus jeder Bahn nach Möglichkeit an.

Der kastenförmige Unterbau dieser Maschinen, welcher als Wasserreservoir dient; die Aufhängung desselben in drei Punkten durch Anwendung von Längs- und Querfedern; die Vermeidung jeder Art Abkröpfung, Absätze, Formänderung des Kessels; die Anwendung der Luftbremse etc. sind ganz wesentliche Vorzüge dieses Systemes. Der sorgfältige Schutz aller Maschinentheile gegen Staub, die Herstellung derselben aus gehärtetem Gussstahle und ihre leicht zu bewirkende Reinigung reduciren die Reparaturskosten auf ein Minimum.

Die Strassburger Locomotivstrassenbahn war in der Lage, durch mehrere Jahre einen Vergleich zwischen den Kosten des Pferde- und Locomotivbetriebes zu ziehen. Die Gesellschaft zahlt den Fuhrwerksunternehmern pro Wagenkilometer für jedes Pferd 26 Pfennige. Die Beförderung eines Wagens mittelst Locomotive kostete im Jahre 1880, inclusive Amortisationsquote, nur 19 Pfennige, stellte sich also fast um ein Drittel billiger, als jene mit Pferden.

Bei Nichtanwendung der Locomotiven könnte die Strassburger Tramway finanziell nicht bestehen. Der Verkehr auf den Strecken ausserhalb der Stadt ist an Sonntagen mindestens doppelt so stark, als an Wochentagen; die Hälfte der Locomotiven steht daher an letzteren unbenützt; während in diesem Falle bei Pferdebetrieb die Fouragekosten sich nur um Weniges verringern würden, erfordern die nicht verwendeten Locomotiven keine Unterhaltungskosten; es ist sonach möglich, die Betriebsausgaben den Einnahmen entsprechend zu regeln.

Wo der Betrieb mit Pferden bereits stattfindet, erscheint es wegen der bedeutenden Umänderungskosten oft schwierig, zu jenen mit Locomotiven überzugehen

Ein solcher Fall liegt in P a r i s vor, wo nur auf der Nord-Tramway-Strecke Courbevoie-Etoile die Dampfkraft in Verwendung kommt. Ich hatte in Paris Gelegenheit mit dem Civil-Ingenieur Herrn M e k a r s k i zusammenzutreffen, dem Erfinder des nach ihm benannten Systems eines Strassenbahnwagens mit comprimirter Luft. Derselbe gab mir bezüglich seines Systems, bei welchem die Expansionskraft compri-

mirter, mit Wasserdampf vermischter Luft die Triebkraft
bildet, sehr interessante Aufschlüsse; u. A. auch verglei-
chende Daten zwischen den Zugskosten auf den Pariser,
fast nur mit Pferden betriebenen Tramways und jenen von
N a n t e s, wo sein Strassenbahnwagen sich in Anwendung
befindet.

Hienach stellen sich die Kosten für den durchlaufenen
Kilometer:

auf den Tramway-Omnibus de Paris (Pferdebetrieb) .   0·70 Frcs.
  „   „   „   Süd   „   „   „   0·57 „
  „   „   „   Nord de Paris (Pferde- u. Locomotivbet.) 0·55 „
  „   „   „   de Nantes (System Mekarski) .   0·37 „

wobei zu bemerken ist, das der Verkehr in Nantes nur bei-
läufig ein Zehntel des Verkehres auf jeder der Pariser
Linien beträgt.

Ein neuer Motor für Strassenbahnen scheint durch die
Verwendung der Elektricität gegeben. Sowohl auf der Pariser,
als auf der Mailänder Ausstellung waren elektrische Bahnen
von einigen Hectometern Länge ausgeführt; dieselben mussten
wegen Reparaturen der Apparate etc. den Verkehr wiederholt
einstellen. Der elektrische Wagen in Paris war von S i e m e n s
construirt; die Bahn unterschied sich von jener bei Berlin
durch die Leitung des Stromes. Bei letzterer geht nämlich
der Strom durch einen der von einander isolirten Schienenstränge von dem Elektricitätserzeuger zu dem unter dem
Wagenkasten befindlichen dynamoelektrischen Apparate, setzt
diesen und mittels Riementransmission die Radachsen in
Bewegung, wonach er durch den zweiten Schienenstrang zur
Elektricitätsquelle zurückkehrt.

Bei der Bahn in Paris, welche von dem Concordiaplatze
zum Industriepalaste führte, fand die Zuleitung des Stromes
durch kleine Schienen statt, welche an Holzständern längs
der Bahn in entsprechender Höhe befestigt waren. Auf diesen
Schienen lief eine kleine Rolle, die durch Draht mit dem
dynamoelektrischen Apparate des Wagens in Verbindung
stand; die Rückleitung des Stromes erfolgte durch beide

Schienenstränge und die Uebertragung der Bewegung mittels Kette ohne Ende. Der Wagen lief sehr ruhig und mit einer Geschwindigkeit von 3 bis 4 m in der Secunde.

In der Nähe von Paris, auf der Strasse von Rueil nach St. Germain befindet sich eine Bahn in Betrieb, als deren Motoren die sogenannten „Locomotives sans foyer" — „feuerlose Locomotiven" — nach dem Systeme Lamm und Francq dienen.

Das Princip dieser Locomotiven besteht darin, eine unter bedeutendem Drucke bis zu hoher Temperatur erhitzte Wassermasse durch allmälige Verminderung des Druckes auf sie in Dampf zu verwandeln. Der zur Erhitzung des Wassers nothwendige Dampf wird stationären Kesseln entnommen.

Francq's „feuerlose Locomotiven" besitzen ein Dienstgewicht von 8·75 t und vermögen auf der Strassenbahn zwischen Rueil und Port-Marly, bei einer Geschwindigkeit von 15 bis 20 km pro Stunde mit vier vollständig besetzten Wagen, im Gesammtgewichte von 14 t, eine Strecke von 15 km zu durchlaufen, ohne einer neuen Füllung zu bedürfen.

Von Port-Marly steigt die Bahn auf circa 2 km Länge mit 60 ⁰/₀₀ gegen Marly-le-Roi hinan und schiebt die Locomotive auf dieser Rampe einen, nach Erforderniss auch zwei Personenwagen zur Höhe.

Anlage und Betrieb dieser normalspurigen, 9·75 km langen Strassenbahn tragen durchwegs den Character grösster Einfachheit.

Von Paris aus beabsichtigte ich die Küsten Frankreichs zu bereisen; es wurde mir aber vor meiner Abreise vom Herrn Civil-Ingenieur E. Pontzen der Rath ertheilt, mich nach Oberitalien zu begeben und daselbst einem Gegenstande vom actuellen Interesse und grösserer Bedeutung für Oesterreich meine Aufmerksamkeit zu widmen: dem Locomotivstrassenbahnwesen der Lombardei.

Das Netz der italienischen Locomotivstrassenbahnen hat, seit einem Decennium etwa, eine ganz bedeutende Ausdehnung erreicht. Nach den letzten Berichten des „Monitore della Strade ferrate" vom 1. Juli 1881 erreichten die sämmtlichen Locomotivbahnen auf italienischen Strassen die Länge von 960 km, d. i. etwa ein Zehntel des italienischen Eisenbahnnetzes überhaupt.

Der grösste Theil dieser Bahnen liegt in der lombardisch-venetianischen Tiefebene. Hier sind alle Bedingungen für eine gedeibliche Entwicklung dieses speciellen Zweiges der Secundärbahnen gegeben; eine weite hügellose Ebene, deren Aecker und Wiesen nur durch die hohe Cultur an Eintönigkeit verlieren; schöne, breite, wohlerhaltene Strassen, welche einen trefflichen Unterbau für Locomotivbahnen niederer Classe bieten; entfernt von einander liegende, aber gewerbsthätige industriereiche Ortschaften. Die Canäle Oberitaliens werden wenig befahren; ein Marsch auf den staubigen Strassen ist **an** heissen Sommertagen eine Qual; für die Anlage von grösseren Locomotivbahnen ist der vorhandene oder zu erwartende Verkehr zu gering, oder ihre Anlage zur Verbindung zweier grösserer Städte würde die Umgehung mancher kleinerer aber doch belebter Districte und Ortschaften bedingen. So wurden die Locomotivstrassenbahnen geradezu ein Bedürfniss.

Die Haupteisenbahn von Oberitalien durchzieht die Ebene zwischen den Alpen und dem P o, zahlreiche Linien nach Nord und Süd entsendend, als die Hauptadern des Verkehrs.

Die „Tramways à vapore" — Dampf-Tramways — zweigen von einzelnen Punkten dieser Linien ab, indem sie den Verkehr der Landstrassen absorbiren, sind in diesem Sinne also eine Unterstützung der Hauptbahn, und sind es auch noch dort, wo sie dieselbe Route einschlagen, wie die Zweigbahnen, weil sie mehr den Zwischen-, als den durchgehenden Verkehr besorgen.

Ein Centrum dieser Locomotivstrassenbahnen ist M a i l a n d. Von dem grossartigen Domplatze aus bewegt sich der sehr lebhafte Verkehr mit Omnibus und auf Pferdebahnen gegen die Thore der Stadt; von hier nun laufen die Strassen und auf ihnen Locomotivbahnen nach allen Himmelsrichtungen. Nicht weniger als 10 Strassenbahnen mit mehrfachen Abzweigungen, in einer Gesammtlänge von 305 km, vermitteln den Verkehr Mailands mit seiner Umgebung innerhalb einer Peripherie von 44 km Radius.

Die Locomotivstrassenbahnen Turins, an Zahl und Bedeutung jenen Mailands nachstehend, führen direct von dem Hauptplatze der Stadt, in deren Strassen ein minderer Verkehr herrscht, nach umliegenden Ortschaften.

Von der Hauptlinie der oberitalienischen Locomotivbahn zweigen noch bei Vercelli und Vicenza Strassenbahnen ab. Namentlich bietet die Linie von Vercelli nach Aranco-Borgosesia durch ihre Anlage und durch die Art und Weise ihres Betriebes erhöhtes Interesse.

Aber auch seitwärts der Hauptverkehrsader liegende grössere Städte, wie Alessandria und Cuneo sind mit entfernteren Ortschaften durch die wohlfeilen, schnell befördernden Locomotivstrassenbahnen verbunden.

Die Anlage aller dieser Strassenbahnen beruht auf dem Principe grösster Oeconomie. Um den Verkehr der Fahrwerke nicht zu beirren, sind die Bahnlinien an die Seite der Strassen gelegt und gegen die Fahrbahn hin häufig durch steinerne Radabweiser begrenzt. Behufs Abführung des Wassers in den Strassengraben durchziehen kleine Quergräben in Entfernungen von etwa 3 m die Oberbaubettung.

Der Oberbau ist bei sämmtlichen Bahnen der gewöhnliche; auf hölzernen Querschwellen ruhen breitbasige Stahlschienen, deren Gewicht nach der Schwere der Locomotiven verschieden ist und durchschnittlich 18 kg pro m beträgt. In den Ortschaften und bei Uebergängen von einer Strassenseite zur andern sind als Leitschienen einfache Winkeleisen eingelegt. Die Weichen sind nur in wenigen Fällen selbstthätige. Nachdem die Bahnen eingeleisig sind, Kreuzungen nur in Stationen stattfinden und hier überall ein Wächter functionirt, war es nicht nothwendig selbstthätige Weichen zur Anwendung zu bringen.

Bei der Terrainbeschaffenheit der Lombardei ist es klar, dass die Steigungsverhältnisse der dortigen Locomotivstrassenbahnen günstige sind und bei den meisten 5 pr. mille nicht überschreiten. Bedeutendere Steigungen finden sich nur bei jenen Strassenbahnen, welche gegen die oberitalienischen Seen direct in das Gebiet der Alpen führen. So weist die Linie Mailand-Monza-Barzano in der Strecke vom kgl. Schlosse Monza an Steigungen bis 36 pr. mille auf, und die Dampf-Tramway von Saronno an den Como-See hat die Hauptstrasse der Stadt Como emporzufahren, welche eine Steigung von 55 pr. mille besitzt.

Bedeutend schwieriger für sämmtliche Bahnen gestalten sich die Curvenverhältnisse. Besitzen die Strassen an und für sich schon scharfe Krümmungen, so forderte die stricte Befolgung des Grundsatzes: die Kosten für die Einlösung so niedrig als nur immer möglich zu halten, ja auf Null zu reduciren, mit dem Krümmungsradius in currenter Strecke bis auf 18 m herabzugehen.

Jeder Vorsprung eines Hauses, jedes Eck einer Mauer, jeder Baum sozusagen, wird im Bogen umfahren. Es hat z. B. die Dampf-Tramway in Turin Curven von 12 m Radius eingeschaltet und lässt ein Nebengeleise sich mit einem Bogen in das Heizhaus schwenken, der einen Halbmesser von nur 5 m besitzt.

Bahnen mit grösserem Verkehre und schwererem rollenden Materiale, wie jene von Vercelli in das an Papierfabriken und anderen industriellen Etablissements, sowie an Naturproducten reiche Thal der Sesia haben ihre Curven mit 45, 35 und 27 m Halbmesser angelegt. Der kleinste Radius der oberwähnten Locomotivstrassenbahn Saronno-Como misst 75 m; die stärkste Steigung derselben, wie schon erwähnt 55 pr. mille betragend, liegt in einer Curve von 100 m Halbmesser.

Derartige Eigenthümlichkeiten der Anlage bedingen ganz besondere Constructionen der Locomotiven, auf welche aber auch die Art und Weise des Betriebes von grossem Einflusse ist.

Vortrefflich in allen Beziehungen hat sich bisher die in Oberitalien öfters verwendete und schon vorhin erwähnte Strassenlocomotive nach dem Systeme Krauss bewährt. Sie hat auf der vorjährigen grossen Tramwaylocomotiven-Concurrenz zu Arnheim in Holland den Sieg über drei Mitbewerberinnen errungen und das System Brown auf mehreren Strassenbahnen verdrängt.

Neben Krauss & Co. in München ist es vornehmlich Henschel & Sohn in Cassel, welche für die oberitalienischen Tramways Dampfmotore liefern. Auf der Linie Vercelli-Aranco (Borgo-Sesia) hatte eine der besten Locomotiven dieses Systemes im Monate August 1881: 3534 km durchlaufen, ohne grösserer Reparaturen zu bedürfen.

Die wiederholt erwähnte Strassenbahn Saronno - Como wird von Tenderlocomotiven mit 6 gekuppelten Rädern aus der Fabrik Kessler in Esslingen befahren. Ihr Dienstgewicht beträgt 17 t, ihr Radstand 2 m; der Spielraum der verschiebbaren Achsen jederseits 2 cm. Ein Nachtheil dieser Locomotiven liegt — nach Aussage des dortigen Betriebs-Chefs — in den Schraubenregulatoren, deren Handhabung nicht mit der auf Strassenbahnen oft erforderlichen Raschheit erfolgen kann.

Unter den oberitalienischen Firmen, welche für die Strassenbahnen ihrer Heimat Locomotiven beistellen, ist in erster Linie Cerimedo & Comp. in Mailand zu erwähnen. Um die den Terrain- und Betriebsverhältnissen möglichst entsprechende Locomotive wählen zu können, bringt sie dieselben nach zwei Systemen in je vier Typen zur Ausführung. Die Unterscheidung nach Systemen beruht auf der verschiedenartigen Anordnung der Cylinder als „aussen-“ und „innenliegende“; die Unterscheidung nach Typen auf der Bestimmung derselben für die Ebene, für Steigungen bis 30 pro mille, bis 50 pro mille und mehr. Eine Locomotive der letzteren Type befand sich auf der National-Ausstellung in Mailand. Alle Locomotiven können Curven mit einem Halbmesser von 20 m leicht durchlaufen, besitzen Hebel- und Schraubenbremsen und Zughaken mit patentirter Repulsion.

Die nachstehende Tabelle gibt die Hauptdimensionen der erwähnten und in Oberitalien gebräuchlichsten Tramway-Locomotivsysteme.

	Krauss & Co. in München							Heuschel & Sohn	Brown		Cerimedo & Co. — äussere Cylinder				Cerimedo & Co. — innere Cylinder			
Type											I.	II.	III.	IV.	I.	II.	III.	IV.
Pferdekräfte	15	30	30	60	60	100	100	60	.	.	35	40	50	60	30	40	50	60
Cylinderdurchmesser m/m	140	170	170	210	210	260	260	200	160	140	155	180	200	220	160	180	200	220
Kolbenhub m/m	300	300	300	300	300	400	400	300	300	300	300	300	300	300	300	300	300	300
Räderanzahl, gekuppelt	4	4	4	4	6	4	6	4	4	4	4	4	4	4	4	4	4	4
Raddurchm. m/m	630	800	630	800	800	800	800	630	600	600	650	700	700	700	650	650	650	650
Achsenstand	1500	1500	1500	1500	1500	1500	1500	2000	1500	1500	1400	1400	1500	1500	1400	1400	1400	1500
Dampfdruck in Atmosph.	15	15	15	15	15	15	15	12	15	15	12	12	12	12	12	12	12	12
Heizfläche in qm	8.87	13.02	13.02	23.48	23.48	35.00	35.00	17	11.7	9	10	13	19	24	11.5	15.5	19.4	24.2
Gew. d. Maschine im Dienste kg	5500	7400	8000	10500	11500	15000	16500	9750	7650	5300	6500	7600	10000	12000	6450	7600	7800	10300
Effective Zugkraft kg	700	810	1030	1240	1240	2500	2500	1140	1344	1029	665	825	1080	1242	702	900	1098	1332
Geschw. pr. Std. km	10	10	10	12	12	15	15	15	.	.	15-20	15-20	15-20	15-20	15-20	15-20	15-20	15-20

Während wir in den Motoren einer in gewissem Sinne nur vortheilhaften Mannigfaltigkeit begegnen, tritt uns in den übrigen Fahrbetriebsmitteln eine grössere Uebereinstimmung entgegen. Die Fabrik Grondona & Comp. in Mailand, welche auch die Ausstellung daselbst mit zahlreichen Objecten beschickt hatte, ist hier fast Alleinherrscherin. Leichtigkeit, Bequemlichkeit und Eleganz zeichnen ihre Wägen aus, welche mit kräftigen Bremsen versehen sind und Zughaken mit elastischer Repulsion besitzen. Der Raddurchmesser derselben beträgt 0·6 bis 0·8 m, der Achsenstand 1·5 bis 1·8 m, das Constructionsgewicht 2 bis 3 t.

Die Güterwägen der Locomotivstrassenbahn Vercelli-Aranco (Borgo-Sesia) besitzen ein Gewicht von 2·1 t; die Wägen der oberitalienischen Bahn, welche Frachten für diese Strassenbahn enthalten, werden in den Bahnhof derselben geschoben, wofür per Wagen 1 Franc zu entrichten ist. Die Umladegeleise laufen sehr nahe nebeneinander; für das Umladenvon je 50 kg werden 5 Centimes an die Unternehmer bezahlt. Der Güterverkehr zwischen Vercelli und Borgo-Sesia ist nicht unbedeutend; er betrug im Monate August 1881: 32.356 Meter-Centner.

Die Anlage der Zwischenstationen zeichnet sich durch besondere Einfachheit aus; in den wenigsten Fällen umfassen diese Stationen mehr als ein Ausweichgeleise. Als Wartesäle, welche überhaupt nur in belebteren Ortschaften zu treffen sind, dienen Gasthauslocale oder kleine Veranden aus Fachwerk. Nur an Punkten, von wo aus streckenweise grösserer Verkehr stattfindet, oder Terrainverhältnisse den Wechsel der Locomotiven oder die Anwendung zweier Maschinen erfordern, sind Locomotiv- und Wagenremisen mit allen nothwendigen Einrichtungen etablirt. So auf der Strassenbahn Mailand-Pavia, wo über die Rampe einer Canalbrücke der Zug gezogen und geschoben wird; von der Brücke aus kehrt dann die Schublocomotive zurück.

Die Bahnwärter, welche in den Stationen die Bedienung der Wechsel, das Freihalten der Bahn, das Verladen der Gepäcksstücke besorgen, sind in den meisten Fällen zugleich auch Streckenwärter und Oberbauarbeiter. Nur die schon wiederholt erwähnte Dampf-Tramway in das Thal der Sesia hat 8 Wächterposten auf einer Strecke, auf welcher — in

Folge der Einengung der Strasse durch den Fluss und den Felsen — zur Zeit des Zugsverkehrs jeder andere Verkehr eingestellt werden muss.

Eine Telegrafenverbindung ist bis jetzt nur auf der Linie Mailand-Lodi-Bergamo zur Ausführung gekommen und werden für dieselbe streckenweise die Säulen des Staatstelegafens benützt. Die Anlage von elektrischen Betriebstelegrafen wird zwar von allen Betriebs-Chefs angestrebt; sie soll aber meistens auffälligerweise an dem Widerstande der Bauern scheitern, eben jener Bauern, welche die Locomotiven dicht an ihren Häusern vorüberfahren lassen, ohne Einspruch zu erheben.

Die Gegner der Strassenbahnlocomotive machen dieser gerne den Vorwurf: sie störe den Verkehr anderer Fuhrwerke, sie erschrecke die Zugthiere, sie sei den Passanten gefährlich u. s. w. Ich habe den grössten Theil meines Aufenthaltes in Oberitalien auf den Strassenbahnen zugebracht, ich habe Erkundigungen nach allen Richtungen hin eingezogen: Unfälle, herbeigeführt durch den Betrieb mit Locomotiven kommen in der That nur ausnahmsweise vor. Und dies gilt nicht allein von den Dampf-Tramways der Lombardei. In Strassburg, in Paris und Rueil habe ich mich bezüglich dieser Frage genau informirt und überall diese Anschauung bestätigt gefunden.

Auf der Strassenbahn Rueil-Marly le Roi herrscht an Sonn- und Festtagen, namentlich in Bougival, dem Vergnügungsorte der Pariser, ein ausserordentlich reger Verkehr und dennoch ist hier noch keinUnfall von Bedeutung vorgekommen. Bei den wenigen Unfällen, welche die Strassburger Locomotivtramway seit ihrem vierjährigen Bestande zu verzeichnen hat, fiel die Schuld den Verunglückten selbst zu. Uebrigens kann man ja auch bei Pferdebahnen nicht von absoluter Sicherheit für Passanten und gewöhnliche Strassenfuhrwerke sprechen.

Ein Scheuwerden der Zugthiere, hervorgerufen durch den Verkehr der Strassenlocomotiven, ist eine Seltenheit. Das Hornsignal, das in Italien fast ununterbrochen von dem Heizer gegeben wird, resp. das Glockenzeichen, wie es in Elsass gebräuchlich, macht die Thiere schon von Ferne auf den ihnen etwas ungewohnten Anblick der Locomotiven aufmerksam und diese selbst bewegen sich bei guter Construction nahezu geräuschlos.

In den Strassen von M a i l a n d schreitet der im „Schritte fahrenden" Locomotive ein Wächter voraus, durch ein Hornsignal ihre Ankunft verkündend. In T u r i n entfällt selbst diese Massregel und die Züge verkehren durch eine der lebhaftesten Hauptstrassen mit einer Geschwindigkeit von 15 bis 20 km ohne andere Signale, als jene auf der offenen Landstrasse. Die Geschwindigkeit auf dieser erreicht nach meiner persönlichen Ueberzeugung, oft 25 bis 30 km pro Stunde.

Was die Beförderung der Passagiere anbelangt, so werden bei einigen Dampf - Tramways für jede Station eigene Fahrkarten ausgegeben, ein System, das bei dem Umstande, als die Fahrkartenausgabe durch den Conducteur erfolgt, sehr zeitraubend ist, auch Irrungen u. dgl. herbeiführt. Bei den meisten Locomotivstrassenbahnen ist die ganze Strecke in möglichst gleichlange Sectionen getheilt, für welche gleiche Preise festgesetzt sind. Der Conducteur besitzt einen langen zusammengerollten Streifen Fahrkarten, von dem er für jeden Passagier so viele Billette — Tratten — ablöst als dieser Sectionen zu durchfahren wünscht, wobei jede begonnene Section als voll gerechnet wird.

Zum Schlusse habe ich noch wenige Worte über den Erfolg der oberitalienischen Locomotivstrassenbahnen und über die sie betreffende Gesetzgebung im Allgemeinen zu bemerken.

Einige der oberitalienischen Locomotivstrassenbahnen haben nicht allein mit Zweiglinien der oberitalienischen Eisenbahn, sondern auch mit Pferdebahnlinien zu concurriren. Trotz alledem muss ihr finanzieller Erfolg als ein günstiger bezeichnet werden. Das spricht sich ja schon deutlich genug aus in dem Umstande, dass von Jahr zu Jahr die Concessionsbewerbungen für Dampf-Tramways an Zahl zunehmen. Zu diesem Erfolge tragen wesentlich alle jene Erleichterungen bei, welche dem Publicum bei Benützung dieser Bahnen geboten werden.

Die Lösung der Fahrkarten während der Fahrt, das Anhalten auch zwischen den Stationen an jeder beliebigen

Stelle, die fast immer genügende Anzahl von Sitzplätzen, die Schnelligkeit und Regelmässigkeit des Verkehres, die ungehinderte Bewegung in und ausser dem Zuge — das sind Umstände, durch welche sich die Dampf-Tramways rasch die Gunst des Publicums erworben haben.

Ein Beweis für den Erfolg von Unternehmungen, wie jene der italienischen Locomotivstrassenbahnen, liegt wohl auch in der Thatsache, dass die italienische Regierung sich genöthigt sah, vor circa einem Jahre dem Parlamente einen Gesetzentwurf vorzulegen, welcher die Verhältnisse zwischen den Concessionären und den Besitzern der Strassen und ihren Anrainern regelt und jene Bestimmungen normirt, unter denen allein diese Bahnen in's Leben treten dürfen. Dieser Gesetzentwurf fand den Beifall der parlamentarischen Commission, welche mit Berathung desselben beauftragt war; doch konnte diese nicht umhin, ausdrücklich den Wunsch auszusprechen: es mögen gesetzliche Vorkehrungen getroffen werden, welche verhindern, dass den Tramwaybahnen Steuern oder sonstige Lasten auferlegt werden, durch welche die weitere Entwicklung derselben gehemmt würde.

Die Bedeutung der Locomotivstrassenbahnen als die Adern eines localen Verkehres kommt in diesem Wunsche zum prägnanten Ausdrucke. Wenn bei Anlage solcher Bahnen immer nur das Princip, auf dem sie basiren, festgehalten wird, dass sie die dem bestehenden Verkehre zur Gewohnheit gewordenen Wege, die Landstrassen nicht verlassen und sich allen Eigenheiten der Bevölkerung eng anschliessen, allen Verhältnissen des von ihnen durchlaufenen Bezirkes accomodiren: so dürfte jede Strassenbahn mit der Zeit gewiss reussiren.

Ich habe auf meiner Studienreise die Ueberzeugung gewonnen, dass es möglich ist, jedem Verkehre sein entsprechendes und rentables System der Strassenbahn zu construiren. Und dass dies den Ingenieuren gelungen, darin liegt ein Ausdruck ihrer Tüchtigkeit; denn auch von ihnen gilt das Wort, welches der Dichter von sich selber sagt: „In der Beschränkung zeigt sich erst der Meister.“